I0546365

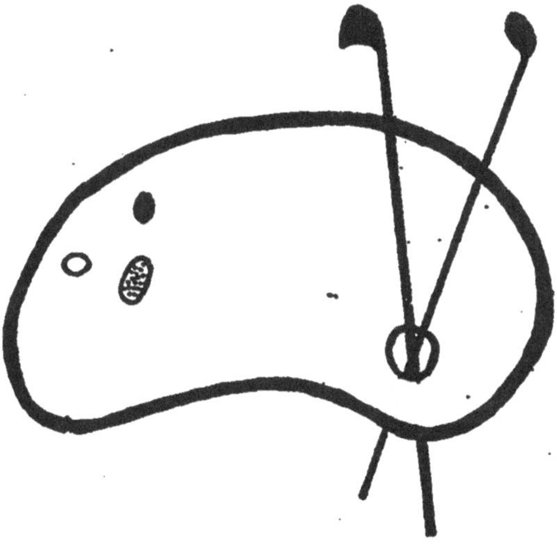

DEBUT D'UNE SERIE DE DOCUMENTS
EN COULEUR

- 36
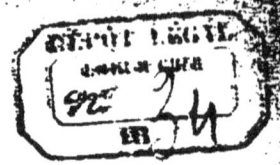

ERNEST JOVY

QUELQUES LETTRES INÉDITES

DE LA MARQUISE DU CHATELET

ET

DE LA DUCHESSE DE CHOISEUL

(1745-1775)

PARIS

LIBRAIRIE HENRI LECLERC

219, RUE SAINT-HONORÉ, 219

et 16, rue d'Alger

1906

L²⁷ɳ

52484

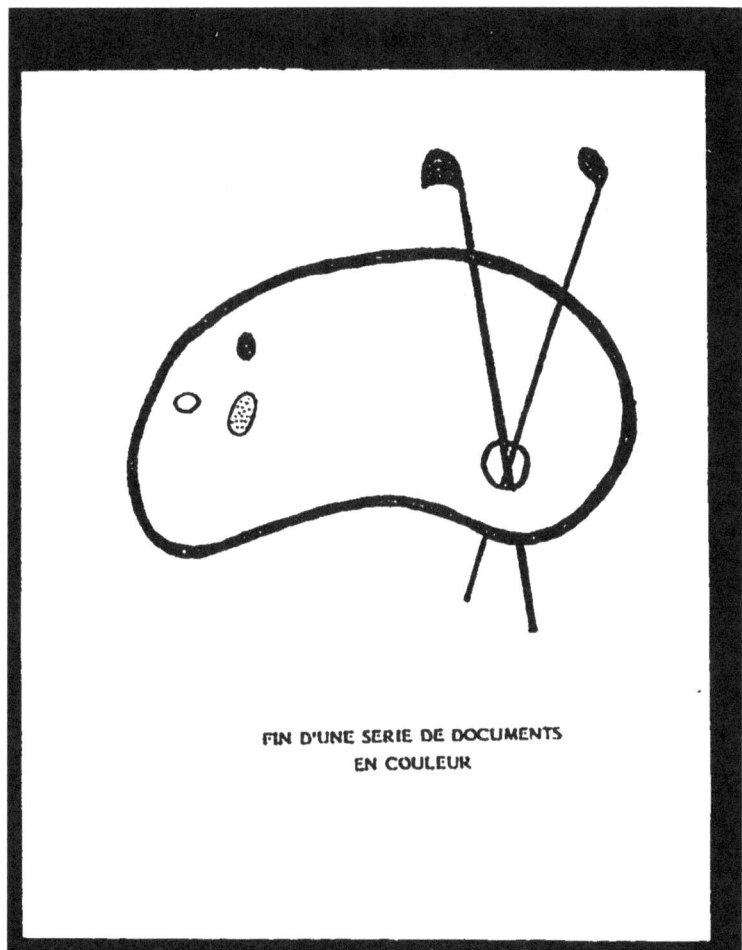

FIN D'UNE SERIE DE DOCUMENTS
EN COULEUR

QUELQUES LETTRES INÉDITES

DE LA MARQUISE DU CHATELET

ET

DE LA DUCHESSE DE CHOISEUL

(1745-1775)

Ln²⁷
52484

Extrait

du

Bulletin du Bibliophile

tiré a 30 exemplaires

ERNEST JOVY

QUELQUES LETTRES INÉDITES

DE LA MARQUISE DU CHATELET

ET

DE LA DUCHESSE DE CHOISEUL

(1745-1775)

BIBLIOTHÈQUE NATIONALE IMPRIMÉS

PARIS

LIBRAIRIE HENRI LECLERC

219, RUE SAINT-HONORÉ, 219

et 16, rue d'Alger

1906

QUELQUES LETTRES INÉDITES

DE LA MARQUISE DU CHATELET

ET

DE LA DUCHESSE DE CHOISEUL

(1745-1775)

———

Le P. François Jacquier, né à Vitry-le-François, le 7 juin 1711 et mort à Rome le 3 juillet 1788, appartenait à l'ordre des Minimes. Après sa profession religieuse, il occupa dans cette ville diverses chaires. Il résidait à la Trinité du Mont Pincio où les Minimes français, établis par Charles VIII, enrichis par tous les rois de France, possédaient une église du titre cardinalice, un vaste couvent, des ornements sacerdotaux d'une richesse incomparable, des tableaux de maitres, des biens qui rapportaient environ 100,000 livres tournois (1).

François Jacquier fut l'un des plus grands mathématiciens du XVIII⁰ siècle et, avec son ami le P. Le Seur (2), le plus ardent propagateur comme le plus habile commentateur des doctrines de Newton. Les Minimes paraissent, d'ailleurs, avoir cultivé les mathématiques avec prédilection. Ils avaient produit, dans le siècle précédent, le

———

(1) Frédéric Masson, *Le Cardinal de Bernis depuis son ministère (1758-1794)*, Paris, Ollendorff, 1903, p. 138 ; Valery, *Voyages historiques et littéraires en Italie*, Paris, Vve Lenormant, t. IV, p. 113-114.

(2) L'abbé Boulliot, *Biographie ardennaise*, Paris, 1830, t. II, p. 53, Le P. Le Seur était de Rethel.

P. Mersenne, « l'un des hommes en France qui a le plus contribué aux progrès des hautes sciences » (1). Chargés de l'enseignement à l'école militaire de Brienne, ils devaient compter parmi leurs élèves le jeune Bonaparte (2). L'érudition du P. Jacquier était universelle. Nous n'avons pas l'intention d'insister en ce moment sur la biographie, pourtant trop peu connue, de cet illustre religieux qui était véritablement un « encyclopédiste », au sens le meilleur et le plus élevé du mot.

Nous rappellerons seulement qu'il se fit estimer de ce grand railleur de Voltaire, que Gœthe (3) lui fit visite à Rome, qu'il fut aimé et admiré de tout le monde érudit et savant de cette époque (4), et nous ne rapporterons qu'un seul témoignage de cette universelle admiration qu'il excita pendant toute sa carrière. Le Président de Brosses, pendant son séjour en Italie en 1739 et 1740, rencontra le P. Jacquier à la Trinité du Mont : « J'y ai trouvé, dit-il, un P. Jacquier, très habile géomètre qui travaille avec un sien compagnon à un commentaire en quatre volumes in-4⁰ sur la philosophie de Newton. Les premiers volumes s'impriment actuellement à Genève. J'ai ouï dire beaucoup de bien de cet ouvrage.

(1) De la Chapelle, *Traité des sections coniques et autres courbes anciennes*, Paris, Quillau, 1750, p. 329.

(2) Voy. sur ce point le livre si brillant et si fortement documenté de M. Arthur Chuquet, *La jeunesse de Napoléon. Brienne.* Paris, Colin, 1897, p. 110 et 128. — Parmi les mathématiciens illustres des Minimes on peut encore citer le P. Magnan ; dans les sciences naturelles ils ont eu les PP. Feuillée et Plumier.

(3) Gœthe, *Voyage en Suisse et en Italie*, trad. par Jacques Porchat, Paris, Hachette, 1862, p. 217, et *Sämmtliche Werke*, Paris, Baudry, 1840, p. 595, à la date du 25 janvier 1787.

(4) Il était l'ami de l'abbé Barthélemy, de Caylus et de Paciaudi. Cf. *Correspondance inédite du comte de Caylus avec le P. Paciaudi, théatin, (1757-1765)*, publiée par Charles Nisard, Paris, Imprimerie nationale, 1877, p. 161 et *passim*.

Vous savez ce que disait Malebranche, que Newton était monté au plus haut de la tour, et avait tiré l'échelle après lui. Le P. Jacquier fabrique une nouvelle échelle pour l'atteindre » (1).

L'excès de travail avait affaibli la santé du P. Jacquier qui occupait depuis longtemps la chaire de physique expérimentale au collège de la Propagande, et était en train de terminer son célèbre commentaire, en latin, des *Principes mathématiques de philosophie naturelle* de Newton (2). On lui conseilla d'aller respirer l'air natal.

Il passa une année en France où Louis XV lui accorda une pension de cinq cents livres. Il vint à Paris. Il parut dans le monde de la science et des académies. Le 13 octobre 1744, alors qu'il était déjà revenu en Italie, le géomètre Clairaut lui écrivait que les savants parisiens avaient trouvé cette apparition bien courte : « David a été un peu fâché de vous voir emporter votre calcul intégral et d'Alembert, que j'ai rencontré l'autre jour à la Comédie, m'a paru un peu étonné de votre départ précipité ». C'est pendant ce voyage, au mois de juillet 1744, que le P. Jacquier alla à Cirey (3) où il passa quelque

(1) *Le Président de Brosses en Italie. Lettres familières écrites d'Italie en 1739 et en 1740*, éditées par R. Colomb. Paris, Didier, 1858, t. II, p. 41.

(2) *Philosophiæ naturalis principia mathematica, auctore Isaac Newtono. Equite Aurato, perpetuis commentariis illustrata, communi studio PP. Thomæ Le Seur et Francisci Jacquier, ex gallicana Minimorum familia, Matheseos Professorum*, t. I, Genevæ, 1739. — Le second volume parut en 1740, le troisième en 1742. Le quatrième n'était que la *tomi tertii continuatio, continens lunæ theoriam newtonianam*, et ne porte pas de date.

(3) Desnoiresterres, *Voltaire et la société au XVIIIᵉ siècle, Voltaire à Cirey*. Paris, 1868, p. 423. Le président Hénault, dans ses *Mémoires*, Dentu, 1855, p. 159, écrit : « Je les trouvai [Voltaire et Mᵐᵉ du Châtelet, à Cirey] seuls, et un Père Minime en tiers, grand géomètre et professeur de philosophie à Rome. » Hénault passa à Cirey la journée du 7 juillet 1744.

temps auprès de Voltaire qui avait publié en 1738 des *Éléments de la Philosophie de Newton*, et de la marquise du Châtelet qui préparait une traduction française des célèbres *Principes* de l'illustre mathématicien anglais (1).

Mme du Châtelet, infiniment instruite, versée dans les lettres, elle savait parfaitement le latin, et dans les sciences, se plongeait, pour se reposer de la vivacité de ses sentiments, dans les études abstraites. Elle s'était lancée dans les travaux algébriques, dans les spéculations astronomiques les plus ardues. Elle s'y adonnait avec passion. A la fois docte et frivole, elle vint à cette époque (1745) à Paris avec Voltaire. Avec lui elle alla à Sceaux chez la duchesse du Maine. Elle fréquenta d'Argenson, M. de la Vallière, Richelieu. Elle étudia avec Clairaut les problèmes des mathématiques les plus transcendantes et, dit-on, quelques questions moins abstraites. Pendant les dernières années de sa vie, elle fit divers séjours, toujours avec Voltaire, à Paris, à Cirey, à Lunéville. Elle ne cessa dans ses diverses résidences, de travailler à sa traduction de Newton (2). Lorsqu'il lui survint, en 1749, à Lunéville, des œuvres de Saint-Lam-

---

(1) « L'influence que cette femme supérieure exerça sur l'auteur de la *Henriade*, fut considérable : les années de Cirey sont peut-être les plus fécondes de la vie de Voltaire. » Ainsi s'exprime l'éminent professeur de la Sorbonne, M. Gazier, dans sa *Petite histoire de la littérature française* (Paris, Colin, 1895, p. 470), si substantielle.

(2) Mme de Staal, trop railleuse, sans aucun doute, écrit d'Anet le 20 août 1747 : « Madame du Châtelet... fait actuellement la revue de ses *Principes ;* c'est un exercice qu'elle réitère chaque année, sans quoi ils pourraient s'échapper. et peut-être, s'en aller si loin qu'elle n'en retrouverait pas un seul. Je crois bien que sa tête est pour eux une maison de force, et non pas le lieu de leur naissance : c'est le cas de veiller soigneusement à leur garde. Elle préfère le bon air de cette occupation à tout amusement, et persiste à ne se montrer qu'à la nuit close (*Correspondance complète de la marquise de Deffand avec ses amis le Président Hénault*, etc., publiée par M. de Lescure, Paris, Plon, 1865. t. I, p. 93).

bert, un enfant, on le déposa sur un gros livre de géométrie pendant qu'on couchait la mère. « Mme du Châtelet, — écrit Voltaire à d'Argental, — cette nuit, en griffonnant son Newton, s'est senti un petit besoin ; elle a appelé une femme de chambre qui n'a eu que le temps de tendre son tablier et de recevoir une petite fille qu'on a portée dans son berceau. La mère a arrangé ses papiers, s'est remise au lit, et tout cela dort comme un liron (1) à l'heure que je vous parle... » Quelques jours après, Mme du Châtelet mourait, emportée par une fièvre de lait, sans avoir pu terminer son travail sur Newton que Clairaut devait publier en 1759. C'est pendant ces dernières années de sa vie, si remplies par ses études scientifiques, que la marquise écrivait au P. Jacquier les quatre lettres suivantes. Nous les détachons, avec une lettre de la duchesse de Choiseul, d'un dossier de lettres adressées à ce religieux que possède la Bibliothèque municipale de Vitry-le-François, et que nous nous proposons de publier entièrement par la suite :

I

On ne peut être plus sensible que ie le suis, Monsieur, à l'attention que vous aués eü de menuoier de la poudre de Ouakaka, véritablement il faut qu'elle soit bien rare, car celle·là n'est point encore come celle que i'ay eü autrefois. Je ne vous en suis pas moins obligé, je vous assure. Ma fille aura été bien aise de vous voir à Naples, car, quoiqu'elle demeure à Capodimonte, iespere que vous aurés été l'y chercher Vous l'aurés trouué prête d'acoucher. Je me flatte que vous m'escrirés de ce payis là, et que vous me marquerés coment vous l'aurés trouuée.

Les *Éléments d'algèbre* de M. Cleraut vont paroître. C'est

(1) Nom vulgaire du lérot.

à mon gré un des livres le plus utile et où le génie supérieur à sa matière se fait le plus sentir. On imprime aussi la traduction de Keills (1) de Monier (2). C'est son traité d'astronomie. Cet ouvrage m'a fait suspendre celui que vous saués que ie méditois sur cette matière. Je le lis actuellement, il me l'a prêté en feuilles, quoiqu'il ne paroisse pas encore. Jay grande impatience que vous le lisiés pour que vous me mandiès ce que vous pensés de la traduction, car pour l'ouvrage de Keills, il me semble qu'il est iugé et qu'on l'estime avec justice. Mais ce qu'il faut lire, c'est la *Vénus phisique* (3) de Maupertuis, ou la seconde partie de son *Nègre blanc* (4), mais il est très rare; et ie ne sais pas si vous l'aurés. J'aimerois mieux encore qu'il fit de petits Maupertuis à Mme Debork [?] que de tels liures, mais, ie vous prie, ne dites sur cela mon sentiment à personne, car son amour-propre ne pardonne pas aisément. Le mien sera très flatté d'être agrégée à l'institut et de deuoir cette distinction à votre amitié. J'en espère la nouvelle incessament. Vous ne serés pas étonné que ie ne vous aie rien envoié de ma façon depuis votre départ quand vous saurés que ie mène la vie du monde la plus désordonnée, que ie passe ma vie dans l'antichambre du ministre de la guerre pour obtenir un régiment pour mon fils, que ie me couche à 4 et 5 heures du matin et que ie trauaille quand j'ay du tems à une traduction de Newton (5). Si i'auois

(1) Jean Keill, professeur d'astronomie à Oxford, mort en 1721. Il a écrit en latin une *Introduction à la physique et à l'astronomie*, Leyde, 1739, in-4, dont Le Monnier fils a traduit en français la partie astronomique, Paris, 1746, in-4°.

(2) Pierre-Charles Le Monnier, né à Paris en 1715, mort à Hérils, près de Bayeux, en 1799, fut l'un des astronomes les plus remarquables de son siècle. Il fut associé à Maupertuis, Clairaut et Camus dans leur mission au pôle Nord et devint professeur au Collège de France. Il fut l'astronome privilégié de Louis XV et le premier maître de Lalande.

(3) Maupertuis, *Vénus physique*, 1745, in-12.

(4) Maupertuis, *Dissertation physique à l'occasion d'un nègre blanc*, Leyde, 1744, in-8°.

(5) Le fils de Mme du Châtelet, né à Semur le 10 novembre 1727, obtint tout jeune un régiment. Il fut colonel à seize ans. Il devint

plṵs de tems, ï'aṵrois entrepris celle de votre beau comentaire. Mais ïe me contenteraï d'en donner quelques propositions. parce que ïe crains infiniment d'être prevenue dans mon travail qui est presque fini, et qui est cependant encore un secret que ïe vous recomande. Je seraï raṵie de pouvoir mettre à la tête, *de l'Institut de Boulogne* (1). J'espère que vous m'enṵerés le journal quand il paroîtra. Je vous serois aussi bien obligée si vous poṵ̈es me procurer la dissertation de votre ami sur les forces viṵes. Vous me promettés quelques noṵṵelles littéraires depuis longtems. J'espère que vous acquitterés incessamment cette dette. Après la confidence que ïe viens de vous faire, vous deṵés sentir aṵec combien d'impatience j'attens la suite de votre Newton (2) que vous me promettés. On attend votre calcul intégral avec toute

menin du Dauphin, chevalier de Saint-Louis, ambassadeur à Londres, après M. de Guerchy, en 1767. Il fut fait duc en 1777, promu lieutenant-général, gouverneur général de Toul et du pays Toulois (M. de Roussel, *État militaire de France pour l'année 1785*, 27ᵉ édition, Paris, Onfroy, 1785, p. 53) et nommé colonel des gardes françaises à la mort du maréchal de Biron. Il est souvent mentionné dans là *Correspondance complète de Mᵐᵉ du Deffand avec la duchesse de Choiseul, l'abbé Barthélemy et M. Craufurt*, Paris, Calmann Lévy, 1877, 3 vol. in-8º. Le 16 mars 1789, il fut élu député de la noblesse par le bailliage de Bar-le-Duc. Dès cette époque, il était désigné par le parti révolutionnaire comme un « ennemi de la patrie », et odieux aux gardes-françaises (Taine, *Les origines de la France contemporaine*, Paris, Hachette, 1899, t. III, p. 52 et 59). Il fut enfermé à la Conciergerie (Dauban, *Les prisons de Paris sous la Révolution*, Paris, Plon, 1870, p. 195, 197, 201), condamné à mort par le tribunal révolutionnaire (Taine, *eodem libro*, t. VIII, p. 77-78), et exécuté à Paris le 13 décembre 1793 (H. Wallon, *Le tribunal révolutionnaire*, Paris, Plon 1899, t. I. p. 285). L'auteur du *Glaive vengeur* (p. 151), cité par M. Wallon, écrit : « Du Châtelet, au supplice, avait la figure couverte de boue. On voulut sans doute que dans ses derniers moments, elle devint l'image de son âme. » Quelle fin singulière pour cette sorte de beau-fils de Voltaire ! — Cf. Robinet, *Dictionnaire historique et biographique de la Révolution et de l'Empire*, Paris, s. d., p. 389.

(1) Bologne.

(2) On attendait encore à cette date le quatrième volume.

l'impatience que votre mérite inspire (1). Je vous enuerai mon portrait gravé en France quand ie vous saurai de retour à Rome, parce que, comme ie ne le veux pas plier, cela fera un grand paquet que ie veux vous enuoier sans port. Vous saués toutes les faueurs du pape pour M. de Voltaire (2), il en a reçu une lettre charmante. Il me charge de vous faire mille tendres complimens. Il est fort occupé de l'histoire des campagnes du roi à laquelle il travaille (3). Soiés persuadé, Monsieur, que personne ne sera iamais avec plus d'estime et d'amitié que moi, votre très humble et très obéissante servante,

BRETEUIL DU CHASTELLET.

A Paris, ruë trauersière (4).
ce 12 novembre 1745.

[Adresse] :   *Italie*
            Au Révérend
   Reuerend pere Jacquier minime
   Professeur de mathematique et
   d'astronomie au college de la Sapience
            à Rome (5)

(1) Ce livre ne parut que bien plus tard : *Eléments du calcul intégral*, par les PP. LE SEUR et JACQUIER de la Société Royale de Londres, de l'Académie de Berlin, de l'Institut de Boulogne et correspondant de l'Académie royale des Sciences, Parme, chez les héritiers Monti, imprimeurs, par privilège, de son Altesse Royale, 1768, avec approbation, en deux parties. La première partie est dédiée « A son Altesse royale l'Infant duc de Parme, de Plaisance, etc. ».

(2) Benoît XIV avait, le 19 septembre 1745, remercié Voltaire de lui avoir dédié son *Mahomet*, par une lettre de la plus gracieuse familiarité (Desnoiresterres, *Voltaire et la société au XVIII⁰ siècle. Voltaire à Cirey*, 2⁰ édition, Paris, Didier, 1868, p. 460-461).

(3) Voltaire avait reçu le titre et la pension d'historiographe de France par brevet du 1ᵉʳ avril 1745.

(4) Mᵐᵉ du Châtelet avait son hôtel rue Traversière, au faubourg Saint-Antoine. Elle « y avait offert un logement à Voltaire. M. Ju Châtelet, consulté, trouva cet arrangement convenable, et le monde ne se montra pas plus exigeant que son mari. » (Gaston Maugras, *La Cour de Lunéville au XVIII⁰ siècle*, Paris, Plon, 1904, p. 95).

(5) Sur cette adresse il y a un timbre postal : DE PARIS.

II

Je ne sais, Monsieur, où cette lettre vous prendra, mais ie ne veux pas vous laisser auoir par d'autres que par moi les parolles du ballet que M. de Voltaire a composé pour le roi au retour de ses conquêtes. L'auteur vous fait mille complimens bien tendres. Mandés-moi si vous avez vu ma fille à Naples, si vous en aués été content. Je la crois accouchée à présent. Je n'ai pu encore entendre parler de Boulogne (1). J'ymagine que ce sera pour votre retour à Rome. On n'a pas encore comencé l'impression de mon Newton. On grave les figures. Ce sera une affaire de six mois avant qu'il puisse paraître. Je voudrois bien être à dortée de vous consulter et de vous dire vraiment l'estime et l'amitié avec lesquelles ie suis, Monsieur, votre très humble et très obéissante servante.

BRETEUIL DU CHASTELLET.

A Versailles, le 17 décembre 1745.

[Adresse] : *Au Reverend*
Reverend Père Jaquier, Minime,
professeur de géométrie et d'astronomie
au Collège de la Sapience,
à Rome (2)

III

Je vous assure que c'est une misère que l'irrégularité des postes, Monsieur, car M. Cléraut me marque que vous vous plaignés de ne point receuoir de mes nouuelles, et moi i'étois en peine de ne point receuoir de réponse à la dernière lettre que ie vous ai escrit. Je suis dans le même cas auec ma fille. C'est un des inconueniens de la guerre et, quoique ce ne soit pas le plus grand, ie le suporte avec bien de

(1) Bologne.
(2) Avec cachet en cire rouge aux armes des du Chatelet et des Le Tonnelier de Breteuil.

l'impatience quand il me priue de vos lettres et qu'il vous fait doutter de mon amitié. Je suis toujours fort occupée à mon Newton. On l'imprime actuellement. Je reuois les épreuves, ce qui est fort ennuieux, et ie travaille au comentaire, ce qui est fort dificile. Votre excellent ouurage m'est d'un grand secours, et si i'auois eu le courage d'entreprendre un comentaire perpétuel, ie n'aurois pas hésité à traduire le vôtre. Je suis bien fâchée que nous soions priués si longtemps de votre ouurage sur le calcul intégral. Je voudrois bien savoir ce qui le retarde. Je n'ai iamais reçu ce journal italien où vous avés eu la bonté de faire mettre ma réponse à Juria [?[. C'est M. Crammer (1) qui est ici et que ie me fais un grand plaisir de voir, par tout ce que vous m'en rués dit, qui m'y fait penser. Je vous fais mon compliment auec grand plaisir sur la faueur de votre cousine, Mᵐᵉ du Hausay, que M. Cléraut m'a apris (2). Si vous lui escriués, mandés lui, ie vous prie, que ie serois bien aise qu'elle vint me voir

(1) Gabriel Cramer (1704-1752), de Genève, se fit un nom dans toute l'Europe par son habileté dans les sciences exactes. Il édita les *Elementa universæ matheseos* de Christian Wolf, Genève, 1732 et 1741 5 vol. in-4°, les œuvres de Jacques et Jean Bernouilli, 1743, 6 vol in-4°, le *Leibnitii et Johannis Bernouilli commercium philosophicum et mathematicum*, Lausannæ, 1745, 2 vol. in-8°, et une *Introduction à la théorie des lignes courbes*, Genève, 1750, in-4°.

(2) Clairaut écrivait, le 24 juin 1747, au P. Jacquier : « Je me suis beaucoup entretenu de vcus depuis peu avec votre cousine Mᵐᵉ du Haussay qui vous aime toujours beaucoup malgré votre oubli. » Mᵐᵉ du Hausset dont la biographie paraît assez mal connue, serait née vers 1720, morte vers 1780 : elle aurait été la veuve d'un pauvre gentilhomme. La misère la força d'accepter la place que Mᵐᵉ de Pompadour lui fit offrir, de sa première femme de chambre. Après la mort de la marquise, elle se serait retirée dans sa province avec un peu d'aisance. Ce qui est certain, c'est qu'elle a laissé des *Mémoires* que Sénac de Meilhan avait conservés et que Craufurd publia en 1809, in-4°, dans ses *Mélanges d'histoire et de littérature*, c'est qu'elle était la cousine du P. Jacquier et que nous possédons personnellement quelques lettres adressées à l'un de ses parents, Collot, marchand tanneur, à Vitry-le-François, où il est parlé d'elle et de ses enfants, et ce qui paraît très probable, c'est qu'elle était de Champagne et peut-être de Vitry-le-François.

quand ie suis à Versailles, où elle est toujours, parce que j'aurois le plaisir de parler de vous avec elle et que ie lui parlerois d'un seruice essentiel qu'elle peut rendre à M. Cléraut et que ie crois qu'il a de la peine à lui en parler lui-même. Je vous prie même, quand vous escrirés à M. Cléraut de ne lui point parler de ce que ie vous mande sur cet article.

J'ay été hier à la rentrée de l'Académie où M. de Buffon nous a lu un mémoire sur la manière de brûler par réflexion à de très grandes distances par le moien de plusieurs miroirs plans mobiles dont on réunit les images du soleil au même foier. Il a brûlé à 150 pieds et son raisonement conduit à prouuer qu'auec un plus grand nombre de miroirs on brûleroit à six ou sept cents pieds, ce qui justifie Archimède contre Descartes ; le mémoire de M. de Buffon est bien escrit et très instructif. Vous aués vu ma fille à Naples. Ainsi vous vous interessés à elle, et vous serés bien aise d'aprendre qu'elle a été nomée dame du palais de la reine de Naples, ce qu'elle désiroit fort. M. de Voltaire vous fait mille tendres complimens, et moi, ie vous réitère, Monsieur, les assurances d'une amitié qui durera autant que la vie de votre très humble et très obéissante seruante.

BRETEUIL DU CHASTELLET.

A Paris, le 13 auril 1747 (1).

IV

A Paris, ce 1ᵉʳ juillet 1747.

[Si vous voulés que i'envoie mes lettres pour vous quelque part pour être reçues plus sûrement, mandez-le moi].

Votre lettre m'a fait un plaisir infini, Monsieur, car je

(1) Ces diverses lettres sont écrites sur de petites feuilles de papier, de notre format *anglais* actuel. La troisième est bordée d'un petit filet rose. D'après Gaston Maugras, *La Cour du Lunéville au XVIII*ᵉ *siècle*, Paris, Plon, 1904, p. 291, les premiers billets de Mᵐᵉ du Châtelet à Saint-Lambert étaient « sur de petits papiers microscopiques à bordure dentelée avec un petit filet rose ou bleu ». La quatrième est sur un papier de couleur vert clair.

m'ennuiais d'être si longtems sans receuoir de vos nouvelles.
Je suis, je vous l'avoué, fort occupée de mon Newton (1), mais
il ni a point de diuersion plus agréable que celle de vous
escrire, et si vous auiés le tems de faire vos lettres un peu
plus longues, ie ne pourrois pas auoir de meilleures instruc-
tions. Le premier livre est presque tout imprimé, il y aura
quelque comentaire, mais il ne sera pas perpétuel. Il sera dans
le second volume à la suite du troisième liure, et ne roulera
que sur le sistème du monde et les propositions du premier
liure qui y ont raport. Je voudrois bien que vous m'envoias-
siés vos leçons de phisique et ce que vous me prometés sur
les *maxima* et les *minima*. Plus vous m'enuerés de choses
de votre façon, et plus ie serai contente. Je n'ai pu voir encore
le miroir de M. de Buffon à cause des mauvais tems, et de
son départ pour la campagne, mais iay entendu le memoire
qu'il a lu sur cela à la rentrée, et cela m'a paru très curieux
et sera très utile, pour la chimie surtout. Je ne vous en fais
point le détail, parce que ie ne doutte pas que vos amis de
l'Académie ne vous l'aient fait. M. Cléraut et M. d'Alembert
sont après le sistème du monde, ils ne veulent pas avec
raison se laisser preuenir par les pièces des prix. Mon commentaire sera principalement un extrait du mémoire de
M. Cléraut sur cela, et alors il est sûr qu'il sera de quelque
utilité, car vous savés que l'Académie fait attendre bien
longtems ses mémoires. Saués vous que M. de Pouchy a
pris femme? C'est une mademoiselle Desportes qu'on dit fort
raisonable et assés aimable, il a grand besoin de compagnie

(1) Clairaut, dans une lettre inédite au P. Jacquier, du
21 mars 1746, s'exprime ainsi : « Mme du Châtelet a travaillé comme
un forçat toute l'année dernière et une partie de celle-ci à la
traduction de Newton. Il n'a pas laissé que de refluer beaucoup de
travail sur moi, et j'ai actuellement sa traduction à revoir. Elle est
dans l'intention d'y joindre un commentaire à la fin. Mais il n'est pas,
à vous dire vray, encore fait ; lorsqu'elle en sera là, je lui ferai lire
le morceau que vous m'avés envoyé sur la proposition du centre de
gravité, et je compte qu'elle en tirera de grands secours. Je remettrai
moi-même à ce tems la qui n'est pas loin d'ici, à le lire, afin de
l'avoir plus frais lorsqu'il faudra le lire avec elle. »

à l'Obseruatoire. Vous saués, Monsieur, combien ie vous aime véritablement.

.·.

Au moment où le célèbre comte de Stainville qui fut plus tard le fameux duc de Choiseul était ambassadeur de France à Rome (1754-1757), le P. Jacquier entra en relations suivies avec le comte et la comtesse de Stainville dont il devint le protégé et l'ami.

Ces relations amicales durèrent malgré l'éloignement. Le duc de Choiseul fut nommé ambassadeur du Roi à la Cour de Vienne. Le 1er novembre 1758, il devenait secrétaire d'État des affaires étrangères à la place du cardinal de Bernis. Le P. Jacquier et son ami le P. Le Seur, s'empressent de le féliciter, et le duc leur répond ainsi :

A Versailles, le 29 décembre 1758.

Je suis bien reconnoissant, mes révérends Pères, de la part que vous avez bien voulu prendre de ce qui me regarde, et des complimens que vous me faites sur les grâces dont le Roy m'a honoré. J'espère que vous ne doutés pas de l'envie que j'ai de pouvoir vous marquer la sincérité des sentiments avec lesquels je suis, mes révérends Pères, votre très humble et très obéissant serviteur,

LE DUC DE CHOISEUL.

Les R. P. Jacquier et Le Seur.

L'ordre des Minimes a-t-il besoin de quelque bon office de la cour de France, l'excellent religieux s'adresse sans hésiter au brillant ministre dont il ne trouve point la bienveillance en défaut, ainsi que l'atteste la lettre suivante :

A Versailles, le 25 décembre 1759.

J'annonce, Mon Révérend Père, à votre Révd Père Général la permission que le Roy a bien voulu luy accorder de venir

QUELQUES LETTRES INÉDITES

en France pour y faire la visite des maisons de son ordre. Je suis fort aise que vous m'ayés donné à cette occasion un nouveau témoignage de vos sentimens pour moy. Vous connoissés depuis longtems ceux que vous m'avés inspirés pour vous et avec lesquels je suis très parfaitement, mon Révérend Père, entièrement à vous,

LE DUC DE CHOISEUL.

Au Rév^d Père Jacquier, Minime, à Rome.

Le 22 août 1760, la charge de surintendant des postes de France, vacante par la démission de M. de Rouillé, est donnée par Sa Majesté au duc de Choiseul. Le P. Jacquier adresse aussitôt ses félicitations au ministre qui l'en remercie de cette façon :

A Versailles, le 14 septembre 1760.

Je vous remercie, Mon Révérend Père, du compliment que vous me faittes sur la grâce qu'il a plu au Roy de m'accorder, et je vous prie de croire qu'on ne peut être plus véritablement que je le suis, Mon Révérend Pére, votre très humble et très obéissant serviteur,

LE DUC DE CHOISEUL.

Mme de Choiseul vous fait mille complimens ainsi qu'au Père Le Seure, et je me joins à elle pour qu'il se ressouvienne de moy.

Le R. P. Jacquier.

A la mort du maréchal duc de Belle-Isle, ministre et secrétaire d'État au département de la guerre, le duc de Choiseul, déjà secrétaire d'État des affaires étrangères, fut encore chargé, le 26 janvier 1761, de ce ministère. Les deux mathématiciens du Pincio ne tardent pas à congratuler le nouveau ministre de la guerre dont voici la réponse :

A Versailles, le 6 mars 1761.

Recevez, Mes Révérends Pères, mes remerciemens de la part que vous avés bien voulu prendre à la nouvelle marque de confiance dont le Roy m'a honoré, et soyés persuadés que je serois fort aise d'avoir occasion de vous prouver combien je suis, Mes Révérends Pères, votre très humble et très obéissant serviteur,

LE DUC DE CHOISEUL.

Les RR. PP. Le Seur et Jacquier (1).

Aussi bien, au moment où le duc et la duchesse de Choiseul vivaient exilés à Chanteloup, la duchesse se souvenait encore du très bon et très savant religieux, alors professeur de mathématiques au Collège romain, et lui adressait la lettre autographe suivante :

A Chanteloup, le 15 septembre 1775.

En faveur de l'ancienne connaissance, je m'adresse à vous, mon Révérend Père, dans la confiance que m'inspire l'amitié que nous avons toujours eue pour vous, et vous ne trahirez pas cette confiance ; à ce sentiment je joins celui de l'estime la plus profonde ; accoutumée toute ma vie à vous regarder comme le plus honnête du monde, c'est à votre probité que je confie mon secret, c'est à votre amitié que je demande des services ; songez que vous ne pourriez pas trahir mon secret sans trahir à la foi l'honneur et l'amitié et qu'il n'i a point de circonstances, d'engagements, de motifs, de liaisons, de sentiments étrangers qui pût alors justifier à vos propres yeux l'infidélité que vous auriez fait à la confiance d'une honnête femme ; vous pouvez refuser de la servir, mais vous ne pouvez pas la trahir. Ce secret consiste à ne jamais dire ni convenir que je vous aie écrit, à ne jamais laisser deviner que j'aie le moindre intérêt à l'objet dont je vous écrit, ni même

(1) Dans ces quatre lettres la signature seule et le post-scriptum de la troisième sont autographes.

que j'en aie la moindre connaissance, à ne jamais laisser soupçonner même que l'on vous en ait écrit de France, voilà la foi que votre probité ne peut pas me refuser, voicy le service que je demande à votre amitié.

M. Digne et son beau-père dont j'ignore les facultez, M. d'Astier, Consul de France à Naples qui n'a pas grand chose, un nommé Joubertoux, pauvre chirurgien inoculateur à Paris et plusieurs autres peut-être encore que je ne connais pas et sans doute aussi pécunieux, ont formez le projet d'une compagnie pour dessécher les Marais Pontins à leur profit, ils ont formez ce projet sur un mémoire du père Boscovich (1) dont ils se sont échauffez la tête ; je l'ai lue, ce mémoire, le plus mauvais de tous les mémoires, et d'après lequel il est impossible de faire une bonne opération ; quand ils travailleroient sur de meilleurs principes, ils ne reuçiroient pas encore parce qu'ils n'ont pas les fonds sufisants, pour ouvrir et pour terminer l'entreprise, et quand ils auroient les fonds sufisants, ils ne réuçiroient pas encore parce qu'ils n'auroient pas le crédit sufisant pour la protéger eficassement, mais quand ils reuniroient le triple avantage de faire conduire leurs opérations par les gens les plus éclairez, d'avoir les fonds sufisants et le crédit prépondérant, ils ne reuçiroient pas encore par cette seule raison qu'ils sont compagnie, et qu'une compagnie, sur tout avec des Français, à commencer depuis la compagnie des Indes (2) jusqu'à celle

---

(1) Boscovich (Roger-Joseph), éminent mathématicien et astronome, de l'ordre des jésuites (1711-1787). L'excellent poète latin, Benoît Stay, dans ses *Philosophiæ recentioris versibus traditæ libri X*, Romæ, Palearini, 1755, où il chante la philosophie de Newton, avait demandé à Boscovich, son compatriote, — ils étaient tous deux de Raguse, — de joindre à son poème quelques annotations et éclaircissements scientifiques.

(2) La Compagnie des Indes que Colbert avait créée et que Law avait relevée, a subsisté longtemps après eux. L'administration de cette Compagnie passa à Crozat, Samuel Bernard, les frères Paris et quelques autres riches financiers ou négociants. Ils obtinrent en 1725 deux édits du roi, l'un portant confirmation des privilèges accordés à la Compagnie des Indes, l'autre pour la décharge et libération de

des Ramoneurs, n'a jamais reuçie et ne réucira jamais, par ce que la parité d'intérêts est précisément ce qui cause la diversité d'opinions, et que, pour conduire à ses fins une telle entreprise, la première des conditions est l'unanimité ou l'unité encore plus sûre, parce qu'elle est indivisible. Cependant j'apprend, mon Révérend Père, que vous venez de faire un mémoire sur le dessèchement des Marais Pontins (1). Je ne doute pas que ce ne soit les moteurs de cette compagnie qui n'ayent eus recours à vos lumières et en cela je reconnais la seule démarche sage qu'ils ayent encore faite, je sens que

ladite Compagnie. Elle eut son siège à Saint-Malo jusqu'en 1770 où son monopole fut supprimé. C'est à cette suppression que fait allusion la duchesse de Choiseul. Un privilège commercial fut de nouveau conféré à une nouvelle Compagnie des Indes qui s'établit à Lorient. La Révolution la fit disparaître. (La vicomtesse Alix de Janzé, *Les Financiers d'autrefois*, Paris, Ollendorff, 1886, p. 54-55 ; *Journal historique ou fastes du règne de Louis XV*, Paris, Prault et Saillant, 1766, 1re partie. p. 59, et 2e partie, p. 199 ; Wallon, *Le tribunal révolutionnaire*, Paris, Plon, 1899, t. II, p. 12 et suiv).

(1) Le P. Jacquier s'est particulièrement occupé des questions d'hydraulique. Ses travaux et ses connaissances lui avaient mérité la protection du cardinal Albéroni qu'il accompagna dans sa légation de la Romagne où il fut chargé d'examiner l'état des travaux hydrauliques commencés par Manfredi pour garantir cette province des inondations. Clément XIII lui soumit encore en 1763 l'examen de divers projets sur les canaux du Bolognèse et de la Romagne. Nous n'avons cependant rencontré aucun ouvrage ou mémoire de lui qui se rapporte directement à la question des Marais Pontins. Voici ce qui paraît se rapprocher de ce sujet : *Discorso sopra la mal'aria e le malattie che cagiona principalmente in varie piaggie d'Italia in tempo di estate*, Roma, 1743, in-4° ; — *Parere de due matematici* [Le Seur et Jacquier] *sopra diversi projetti intorno al rigolamento delle Acque delle tre Provincie di Bologna, Ferrara e Romagna...*, Roma, 1764 (reproduit dans Cardinali (F.), *Raccolta d'autori italiani che trattono del moto dell'acque*, 1821, in-4°, t. IX. Arnaud et Suard ont publié dans leurs *Variétés littéraires*, Paris, Lacombe, 1769, t. IV, p. 45, une *Lettre du R. P. Jacquier en réponse à celle d'un voyageur sur la température de l'air et de la ville et de la campagne de Rome pendant les chaleurs de l'été*. Ce mémoire sur le dessèchement des Marais Pontins se trouve peut-être dans la *Raccolta di Dissertazioni matematico-idrostatiche de celebri Padri Ruggiero, Giuseppe Boscovich,*

votre zèle patriotique (1) a dû vous éxiter à servir vos compatriotes et peut-être vos amis de toutes les connaissances par lesquelles vous pouvez mieux que personne diriger leurs opérations, mais permettez-moi de vous représenter que ce zèle si louable ne peut par toutes les raisons que je viens de déduire que nuire à votre réputation, aux compatriotes et aux amis que vous voulez servir, parce qu'il suffiroit qu'une seule des conditions dont leur succès dépend manqua, pour que l'entreprise échoua et que les particuliers qui la font fussent ruinez, alors le public toujours injuste s'en prendroit aux talents si longtemps reconnus de l'homme célèbre qui auroit dirigé des opérations auxquelles il n'auroit manquer que d'être terminez pour en sentir l'exelence.

Si vous voulez, mon Révérend Père, servir votre Patrie et vos compatriotes, je puis vous en donner un moyen qui ne vous exposera à aucun de ces dangers, par lequel vous acquérerez une gloire plus solide et qui vous procurera une reconnaissance plus certaine, plus efficasse et plus utile. Le meilleur de mes amis, l'homme du monde auquel je dois le plus, celui pour lequel je suis pénétrée de la plus profonde vénération, celui dont l'existence et le personnel (2) lui assu-

---

Jacquier. Le Seure... con aggiunte e note idrostatiche e architettoniche di Serafino Calandri, Roma, per il Barnabo e Lazzarini, 1769, in-4º (Cf. Vermiglioli, *Scrittori Perugini*, t. I, p. 255 ; Backer et Sommervogel, *Bibliothèque de la Compagnie de Jésus*, sub verbo : Boscovich).

(1) On considère ce mot : *patriotique* comme de récente formation, ainsi que *patriotisme*. « *Patriotisme* a été créé et s'est répandu dans la seconde moitié du XVIIIᵉ siècle » (F. Gohin, *Les transformations de la langue française pendant la seconde moitié du XVIIIᵉ siècle (1740-1789)*, Paris, Belin, 1903, p. 268 et 298). En réalité, *patriotique* est philologiquement très ancien. *Patrioticus* se trouve, à diverses reprises, dans les lettres de Cassiodore (Quicherat, *Addenda lexicis latinis*, Parisiis, 1862, p. 201). Ce mot est lui-même calqué sur le grec πατριωτικός, employé par Aristote. On trouve dans les lettres de Saint Grégoire (8,37) le mot *patriota*, mais avec le sens de *compatriote* (Voy. Quicherat, *eodem loco*).

(2) *Personnel* signifie ici : « l'ensemble des sentiments et des idées d'une personne » (Cf. F. Gohin, *Les transformations de la langue française pendant la deuxième moitié du XVIIIᵉ siècle (1740-1789)*

rera infailliblement la protection la plus forte et la plus sou-
tenue de plusieurs cours vis à vis de celle de Rome, et infiniment supérieure à celles que pourroit avoir M. le Cardinal de
Bernis même, s'il étoit dans l'entreprise, cet homme, dis-je,
en a conçu le projet pour lui-même et pour lui seul, ses fonds
sont déjà près, et il ne manquera d'aucun des moyens de tous
genres qui peuvent assurer son succès. Sans tous ces avantages, je dirois, il réucira par cela meme qu'il est seul ; avec
tous ces avantages dont les prétendus entrepreneurs sont
privez, je dirois, ils ne réuciront pas, par cela même qu'ils
sont plusieurs. Choisissez donc, mon Révérend Père, entre
la gloire et les dégoûts, la ruine certaine de vos amis ou la
fortune d'un homme auquel, si je vous le nommois, vous ne
vous consolleriez pas de l'avoir fait manquer, et souvenez
[vous] toujours qu'en me refusant, vous ne ferai tort qu'à
ceux que vous voudrez servir de préférence à lui, car je
vous le repette et je ne vous trompe pas, ils échouerons, et
vous ne receuillerez pour fruit de votre zèle et de vos
travaux que des dégoûts et des chagrins, mais si, au lieu de
cela, vous consentez à obliger l'ami que je vous recommende,
qui en est si digne et que je vous répond que vous
seriez si aise d'avoir obligé de préférence à tout, quand
il vous sera nommé, je vous prie de commencer par
m'envoyer votre exélent mémoire, de ne plus communiquer
qu'à moi seule toutes vos lumières sur cet objet, de sçavoir
adroitement si M. le Cardinal de Bernis prétent à être dans
l'entreprise et de me mender ce que vous en aurez   .
découvert, enfin de rendre à ceux qui vous ont consultez le

Paris, Belin, 1903, p. 299. Cette expression paraît avoir été familière à
la duchesse de Choiseul. Le marquis de Bouillé publia en 1797, à
Londres, ses *Mémoires sur la Révolution française* où le duc de
Choiseul était quelque peu malmené. La duchesse fut indignée. Elle
fit demander à M. de Bouillé une rétractation qu'il refusa. « Je ne puis
trop m'étonner, écrit-elle le 20 septembre 1800, que M. de Bouillé
prétende n'avoir pas attaqué le *personnel* de M. de Choiseul... »
(G. Maugras, *La disgrâce du duc et de la duchesse de Choiseul*, Paris,
Plon, 1903, p. 514).

très important service de les détourner d'un projet qui est
pour eux une folie et qui ne peut être sage que pour celui
qui réunit tous les moyens, mais de les détourner de manière à
ce qu'ils ne puissent pas s'appercevoir que vous en ayez étez
sollicitez ; je vous prie de repondre éxactement à tous les
articles de ma lettre, mais comme je crains l'inconvénient
des maisons clostralles pour la sûreté des papiers, je vous prie
d'en transcrire de votre main les articles auxquels vous devez
répondre, et de la remettre ensuite toute cachetée et sans
adresse à M. l'avocat Orlandy auquel je ne suis pas nommée et
qui me la fera rendre par la même voix que j'emploie pour
la lui faire parvenir, aincy que votre reponse que vous
aurez la bonté de lui remettre aussi sans adresse, mais
quoique je ne veuille pas encore être nommée à M. l'avocat
Orlandy, il est cependant nécessaire, si vous consentez à
m'obliger, que vous veuillez bien lui communiquer aussi
toutes les lumières que vous pourrez avoir tant sur le desséchement des marais que sur les moteurs de cette entreprise et
les gens qui y sont intéressez, parce que M. l'avocat Orlandy
est le correspondant pour cet objet de la personne qui veut
bien s'i employer pour moi.

Il ne me reste plus qu'à vous renouveller, mon reverend
père, les assurances de tous les sentiments d'estime et de
considération avec lesquels j'ai l'honneur d'être votre très
humble et très obéissante servante,

LA DUCHESSE DE CHOISEUL.

.

A l'époque où la duchesse de Choiseul écrivait cette
longue lettre, la fortune des Choiseul était fort compromise. Le duc, dépouillé de toutes ses charges, avait,
en 1772, vendu sa collection de tableaux. La duchesse avait
dû se défaire de presque tous ses diamants et d'une partie de sa vaisselle. Ils avaient songé à vendre leur hôtel
de Paris, et la duchesse, dans le désir de se procurer de

l'argent, cherchait de toutes manières à se créer des ressources. Elle allait jusqu'à songer à vendre un magnifique bureau dont, après tout, elle pouvait fort bien se passer, et elle suppliait, vainement d'ailleurs, Mme du Deffand de la débarrasser de ce meuble inutile en le vendant à ses amis d'Angleterre (1). Elle avait demandé et obtenu la séparation de ses biens qui fut prononcée, par sentence du Châtelet de Paris, le 21 mars 1772. Cette situation devait devenir de plus en plus précaire jusqu'à la mort du duc (2).

La lettre adressée par la duchesse au P. François Jacquier nous la montre très préoccupée, je crois, de reconstituer la fortune de son mari qu'elle aimait tant et à qui elle apporta « tant de consolation dans son exil (3) ». Elle cherche quelque combinaison heureuse dans le desséchement des Marais Pontins et dans la vente avantageuse des terrains mis en valeur par des travaux hydrauliques bien entendus. L'ami qu'elle recommande, le personnage qui s'intéresse à ce desséchement et dont elle parle avec tant de feu et tant d'intérêt, nous paraît être évidemment le duc de Choiseul dont elle n'ose avouer en termes plus précis la détresse profonde. Sans aucun doute les fauteurs de l'entreprise qu'elle combattait, n'essayèrent même pas d'exécuter leurs projets. Le duc ne fit probablement que songer un instant à cette idée. Elle était d'une difficile réalisation. Les papes Clément XIV et surtout Pie VI, Napoléon Ier, n'ont pu par-

---

(1) *Correspondance complète de Mme du Deffand avec la duchesse de Choiseul, l'abbé Barthélemy et M. Craufurt*, publiée par M. de Saint-Aulaire, Paris, Calmann Lévy, 1877, t. II, p. 113, 115 et 116.

(2) Gaston Maugras, *La disgrâce du duc et de la duchesse de Choiseul*, Paris, Plon, 1903, p. 177 et 391.

(3) Edmond et Jules de Goncourt, *La femme au XVIIIe siècle*, Paris, Charpentier, 1887, p. 273.

venir à aménager cette plaine marécageuse et à détruire
ce foyer permanent de *malaria* (1).

(1) J. Dumesnil, *Voyageurs français en Italie*, Paris, Jules Renouard,
1865, p. 289 et suiv ; *Dei bonificamenti delle terre Pontine*, lib. IV,
Rome, 1800, gr. in-folio ; de Prony, *Des marais pontins*, Paris, de
l'Imprimerie royale, 1818, in-8º ; Valery, *Voyages historiques et
littéraires en Italie*, Paris, 1832, t. III, 430-431 ; Artaud de Montor.
Histoire des souverains pontifes romains, Paris, Didot, 1849, t. VII,
p. 205-206, et t. VIII, p. 109 et suiv.

DÉSACIDIFIÉ A SABLÉ
EN :   7 - OCT. 1991

Paris-Vendôme. — Imp. G. VILETTE

48

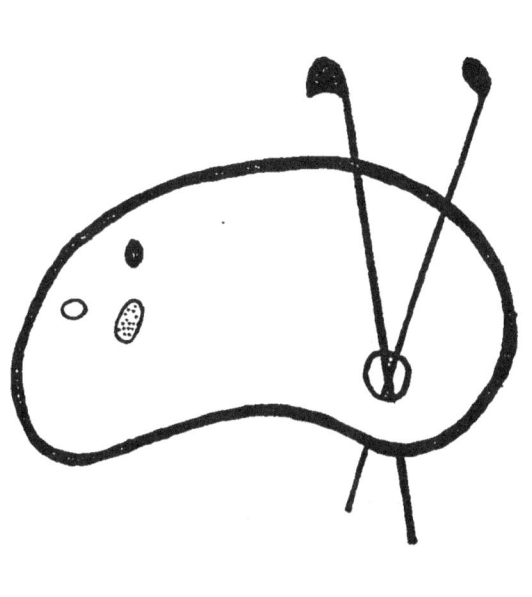

ORIGINAL EN COULEUR
NF Z 43-120-8

BIBLIOTHÈQUE
NATIONALE

CHÂTEAU
de
SABLÉ
1991

www.ingramcontent.com/pod-product-compliance
Lightning Source LLC
Chambersburg PA
CBHW060910180626
46818CB00004B/1910